1818

VÊPRES

POUR

LA FÊTE DE TOUS LES POETES,

SUIVIES

DES LITANIES

DU SACRÉ NOM DE VOLTAIRE.

VÊPRES

Pour la Fête de tous les Poëtes.

Deus in adjutorium meum, &c.

APOLLON, inspire-moi;
Car je ne puis rien sans toi.

Gloire à l'aîné des Corneilles,
Aux Racines Père & Fils.
Des fruits de leurs doctes veilles
Soyons à jamais épris.

PSEAUME 109. *Dixit dominus, &c.*

LE Souverain du Parnasse
Dit à Baptiste Rousseau :

A ma droite prenez place
Près de Nicolas Boileau.

» En attendant que je range
» Sous vos pieds le vil troupeau
» Des Rimeurs tels que Saint-Ange,
» Pour vous servir d'escabeau.

» Le sceptre de l'harmonie
» Passe des Grecs aux Romains,
» Et les Chantres d'Ausonie
» L'ont remis entre vos mains.

» De téméraires Zoïles
» Travaillant à l'en ôter.
» Efforts toujours inutiles!
» Le sceptre doit vous rester.

» J'en jure par l'onde noire:
» J'écraserai ces serpents

» Qui veulent ternir la gloire

» Due à vos nobles talents.

» Loin de la docte Fontaine
» Je les ai relégués tous ;
» Les trésors de l'Hypocrène
» Ne s'épanchent que pour vous ».

Gloire à l'aîné des Corneilles ,
Aux Racines Père & Fils.
Des fruits de leurs doctes veilles
Soyons à jamais épris.

PSEAUME 110. *Confitebor tibi , &c.*

Despréaux, il faut le dire,
Tes Ouvrages m'ont séduit :
Mon plaisir est de les lire,
De les lire jour & nuit.

Ils ne font pas en grand nombre,
Mais ils font pleins de clarté,
Et pas un trait, pas une ombre
N'en dépare la beauté.

Le goût, la délicateffe,
Dirigerent les pinceaux :
Une élégante juftesse
Brille dans tous les tableaux.

De Louis tu fais l'hiftoire,
Tellement que, fi ton Roi
Doit beaucoup à la victoire,
Il doit encor plus à toi.

Par toi, les races futures
Sauront ce que fit Louis ;
Mais fes belles aventures
Plairont moins que tes Ecrits.

Les Jeunes Rimeurs y lisent
De salutaires avis :
Et leurs noms s'immortalisent,
Quand ils les ont bien suivis.

Les bons vers ne plaisent guère
Qu'à ceux qui font de bons vers :
Les tiens doivent donc déplaire
Aux Blins, aux Piis, aux Imberts.

Gloire à l'aîné des Corneilles,
Aux Racines Père & Fils.
Des fruits de leurs doctes veilles
Soyons à jamais épris.

PSEAUME III. *Beatus vir, qui, &c.*

Heureux quiconque étudie
Des Grecs les Ecrits fameux !

Jamais une Tragédie
Ne fut bonne que par eux :

Les Amants de Melpomène,
Qui les auront médités,
Avec transport, sur la Scène,
Seront toujours écoutés.

Leur Muse en tous lieux prônée,
Bien accueillie en tous lieux,
N'aura point la destinée
De celle des Dérieux.

De merveilles en merveilles
Sans cesse elle marchera.
Le sifflet à ses oreilles,
Jamais ne retentira.

Ainsi Mérope & Zaïre
Font couler de tendres pleurs ;

Ainſi les charmes d'Alzire
Triomphent de tous les cœurs.

Tandis qu'enrageant dans l'âme,
Le Mierre pleure à l'écart
Sur ſa Veuve, que la flâme
Dévorera tôt ou tard.

Gloire à l'aîné des Corneilles,
Aux Racines Pere & Fils.
Des fruits de leurs doctes veilles
Soyons à jamais épris.

PSEAUME III. *Laudate pueri, &c.*

Louez, célébrez Moliere,
Qui divertit les Français
De bien plus belle manière
Que ne le fait Beaumarchais.

A v

De la Nation entière
Son nom doit être chéri,
Nous pouvons, grace à Molière,
Nous vanter d'avoir bien ri.

Sa fine plaisanterie,
Qui plût tant à nos ayeux,
Fera rire, je parie,
Jusqu'à nos derniers neveux.

Vils Conteurs de balivernes,
Que sont vos grossiers propos
Et vos calembourgs modernes
Au prix de ses vieux bonts-mots !

Gloire à l'aîné des Corneilles,
Aux Racines Père & Fils.
Des fruits de leurs doctes veilles
Soyons à jamais épris.

Pseaume 113. *In exitu Israel, &c.*

Au temps, où des neuf Pucelles
Le favori condamné,
Rousseau cachoit dans Bruxelles
Son mérite abandonné.

Le jeune & brillant Voltaire
Voulut bien nous consoler.
Il se fit voir ; &, pour plaire,
Sa Muse n'eut qu'à parler.

Pour l'entendre, le Permesse
Fit taire ses flots bruyants ;
Et le Pinde, d'allégresse,
Tressaillit à ses accents.

Sensibles eaux d'Hyppocrène,
De crainte de les troubler,

Sans bruit, fur la molle Arêne;
Vous affectiez de couler.

Mais pourquoi, docte Fontaine,
Murmurez-vous à préfent?
Pourquoi votre onde incertaine
Fuit-elle fi promptement?

Ah! je le vois: ces rivages
Vous déplaifent déformais:
Et peuplés d'oifeaux fauvages,
Vous les quittez à jamais.

O temps! ô mœurs! fur Parnaffe,
Muguerot, Chateaulion,
Et Morvillier & Laplace
Font la converfation.

Nos Théâtres, qu'envahiffent
Mille Pradons renaiffants,

Maintenant ne retentissent
Que d'horribles hurlements.

Sur la Scène, on dénature
Hommes & Dieux à son gré;
Et pas un d'eux n'y figure,
Sans être défiguré.

Un jeune homme y moralise,
Tandis qu'un vieux langoureux
Y fait la longue analyse
De ses transports amoureux.

Si quelque hideux visage
Nous épouvante d'abord,
Bientôt un froid bavardage
Nous rassure & nous endort.

Corneille, ces faux Tragiques
Se plaisent à t'insulter;

Mais pour nous , dans nos Cantiques,
Nous aimerons à répéter :

Gloire à l'aîné des Corneilles ,
Aux Racines Père & fils.
Des fruits de leurs doctes veilles
Soyons à jamais épris.

PRIERE.

Pour l'Almanach des Muses.

Lecteur, daigne exaucer la très-hum-
ble Prière
Que t'adressent nos cœurs , pour ce pauvre
Almanach.
Tu pourrois à bon droit en torcher ton
derriere :
Mais fais en seulement des cornets à tabac.

HYMNE.

Sur l'Air *de Calpigy.*

ENFIN, graces à Maisonneuve,
Melpomène, tu n'es plus veuve :
Il vient de te donner la main.
Ah ! chantons ce nouvel hymen.   *bis.*
Sa verve n'est pas vigoureuse ;
Mais à ton âge on est heureuse
De trouver une bonne main.
Ah ! bénis ton nouvel hymen.   *bis.*

Tant de veuves de haut parage
N'ont, pour consoler leur veuvage,
Qu'une séche & très-séche main.
Ah ! bénis ton nouvel hymen.   *bis.*
On parle même d'une Dame,

Qui n'a, pour assouvir sa flame,

Pas même l'ombre d'une main.

Ah! bénis ton nouvel hymen.　　　*bis.*

Au besoin, quelle jouissance!

D'un Mari plein de complaisance,

Tu trouveras toujours la main.

Ah! benis ton nouvel hymen.　　　*bis.*

A son tour aussi ton Compère

Te priera par fois de lui faire

La charité d'un coup de main:

Car il faut s'aider en hymen.　　　*bis.*

Alors, sans te montrer sévère,

Tire le promptement d'affaire,

Avec le secours de ta main:

Car il faut s'aider en hymen.　　　*bis.*

Pour que sa veine, un peu stérile,

Devienne bientôt plus fertile,

Daigne y mettre souvent la main :
Car il faut s'aider en hymen. *bis.*

Ici on fait mention d'une Tragédie.

SOUVIENS-toi, si tu peux, ô ma bonne
Patrie,
Qu'il est un dur écrit, inscrit d'un titre tel :
Guilaume Tell,
Tragédie.

MAGNIFICAT

JE louerois les neuf Sœurs en cent & cent
manières
Dans mes transports joyeux; aux rochers
aux vallons,

Aux superbes forêts, même aux humbles
bruyères
Je ferois répéter leurs noms.

Si par leurs heureux soins, quelque Français
habile,
Célébrant les hauts faits d'un héros belli-
queux,
S'alloit placer au rang d'Homère & de Virgile,
Par un ouvrage digne d'eux.

Par-tout on applaudit aux vers de l'Iliade ;
L'Enéïde ravit & charme les esprits.
Chef-d'œuvre trop fameux, jamais la Hen-
riade
Ne vous disputera le prix.

Tandis qu'à la faveur de ces divins Ouvrages,
Les Grecs & les Romains, constamment ad-
mirés

De l'Univers entier reçoivent les hommages,
Nous seuls demeurons ignorés.

Car il faut l'avouer, de poëmes épiques
Notre pays est pauvre, & le sera long-temps;
Et, bien que surchargés de poëmes lyriques,
Nous en avons peu d'excellents.

L'Auteur d'Œdipe en prose en eut bien voulu
faire:
Mais son pesant Phébus y fua vainement;
Et dans cet Art sublime, en dépit de Vol-
taire,
Gloire au grand Rousseau seulement

MÉMOIRE D'UN MARTYR.

LA Mort, depuis deux ans, a moissonné
Thomas;

Mais pour le repos du bon-homme,

Dévots ne vous intriguez pas ,

Il doit dormir d'un profond somme,

Car il a rendu l'âme en lisant les Incas.

LES LITANIES

DU SACRÉ NOM DE VOLTAIRE

O Complaisant Phébus , ô Muses com-
plaisantes ,

Montrez-vous une fois à nos pauvres Rimeurs.

Phébus , qui ne fait qu'un sans compter les
neuf Sœurs ,

Neuf Sœurs , Divinités savantes,

Qui ne faites que dix , en comptant Apollon ,

Accordez à la Harpe un soupçon de génie.

Minerve , trois fois sage , insinue à Caron

De ne plus tourmenter la petite Thalie.

Voltaire, que les ris accompagnent toujours,

Souffre que Morvilliers se traîne sur tes
traces,

Voltaire, Poëte des Graces,

Refais un peu les vers des Chaulieux de nos
jours.

Voltaire, Père de Zaïre,

Apprends au dur Le Mierre à nous intéresser.

Voltaire, que par-tout on lit sans se lasser,

Enseigne à Palissot l'art de se faire lire

Voltaire dont l'aspect peut terrasser les sots,

Parois un moment au Lycée.

Voltaire, fécond en bons-mots,

Daigne en prêter à Piis, à Guichard à Vigée.

Voltaire, Historien élégant & Fleuri

D'un grand Prince, d'un siécle en grands
Hommes fertile,

Apprends à Marmontel à mentir en beau
style.

Voltaire, Chantre de Henri,

N'ambitionne point le laurier de Virgile.

Voltaire, Auteur léger, facile

De mille complimens, en profe comme en

vers,

Dis m'en un que je puiffe adreffer à Bouf-

flers.

FIN.